Cuarentena

JEAN-PIERRE MARTINEZ

Cuarentena

La Comédi@thèque
comediatheque.com

PERSONAJES

Dom

Pat

Max

Sam/Kim

El género de los personajes no será un aspecto relevante, y el aspecto unisex o uniforme será una característica de todos los personajes. Los actores podrán cambiar de papeles durante el espectáculo, cada papel simbolizado por un traje (batas de paciente azules, rosas o verdes, bata de enfermero blanca, traje negro con cuello Mao). En esta versión, Dom y Max serán hombres, Pat y Sam/Kim, mujeres.

© La Comédi@thèque
ISBN 978-2-37705-503-6

Acto 1

La bandeja podrá permanecer desnuda a excepción de una o dos sillas. Dom llega de un paso incierto. Lleva el tipo de batas (azules, rosas o verdes) que se ponen a los pacientes en el hospital. Echa a su alrededor una mirada intrigada, antes de descubrir con estupefacción la presencia de los espectadores, y de acercarse para observarlos con un aire inquieto. Pat, con el mismo atuendo, llega detrás de él.

Pat – Buenos días.

Sorprendido, Dom se da vuelta y ve a Pat.

Dom – Me has asustado...

Pat – Lo siento... ¿Así que tú también...?

Dom – Sí, yo...

Momento de la vergüenza.

Pat – ¿No nos hemos visto antes?

Dom – Creo que estábamos en el mismo vagón.

Pat – ¡Coche 13, eso es! No sé si tiene algo que ver...

Dom – ¿Con el número 13, quieres decir?

Pat – ¡Con el hecho de que ambos estamos aquí! Porque estábamos en el mismo vagón...

Dom – No lo sé. La verdad es que no tengo ni idea de por qué estamos aquí.

Pat – Yo tampoco. No entiendo nada. Al bajar del tren, dos agentes me pidieron que los siguiera...

Dom – ¿Estás segura de que eran policías?

Pat – Creo que sí... Llevaban una mascarilla. Una mascarilla... como en los hospitales. Me metieron en una ambulancia y...

Dom – ¿Una ambulancia, estás segura? No, porque si fueran policías...

Pat – Digamos... una furgoneta, entonces.

Dom – Una furgoneta de policía medicalizada.

Pat – Eso es... Me llevaron hasta aquí y... me dijeron que esperara. ¿Y tú?

Dom – Lo mismo... Así que tampoco te dijeron nada.

Pat – Me dijeron que esperara.

Dom – ¿Y... no has oído nada más?

P a t – N o ... *(Pausa)* Creo que escuché la palabra cuarentena.

Dom – ¿Ah, sí...?

Pat – ¿También tú lo has oído?

Dom – En realidad no...

Pat – Es lo más probable, ¿no?

Dom – Cuarentena, sí... ¿Qué otra cosa podría ser?

Pat – Eso explicaría las mascarillas.

Dom – Sí... ¿Y ahora qué hacemos?

Pat – Estamos esperando... Eso es lo que nos dijeron, ¿no? Nos dijeron que esperáramos.

Un tiempo.

Dom – Cuarentena... Si realmente dura cuarenta días... espero que nos den algunas explicaciones antes.

Pat – Se dice cuarentena, pero... no es necesariamente tan larga. Depende de cada enfermedad.

Dom – ¿Crees que se trata de una enfermedad?

Pat – ¿Qué más podría ser? Si nos ponen en cuarentena...

Dom – Sí... debe ser un virus.

Pat – Muy contagioso, supongo.

Dom – Sí... sin duda.

Pat – No siento ningún síntoma, ¿y tú?

Dom – No, yo tampoco.

Pat – Bueno... Eso no significa que no estemos enfermos. Depende del tiempo de incubación.

Dom – ¿Eres médico?

Pat – Ordonadora.

Dom – ¿Ordonadora?

Pat – Creo que solíamos llamarlo informático.

Dom – De acuerdo... Así que los virus, ya sabes...

Pat – Sí... Además, tengo tres hijos... ¿Y tú?

Dom – No tengo hijos.

Pat – No, quiero decir... tú tampoco eres médico.

Dom – Soy un entrenador.

Pat – Entrenador...

Dom – Antes se decía profesor, creo. El día de mañana diremos domador, quizás.

Pat – Ya veo...

Dom – ¿Ah, sí? ¿Y qué ves?

Pat – No, quiero decir... No sabes más que yo sobre los virus...

Un tiempo.

Dom – ¿Y el tiempo de incubación depende de los virus?

Pat – Sí... A veces se sienten los primeros síntomas una semana después de la contaminación. A veces menos, a veces más.

Dom – Parece que sabes mucho sobre la propagación de las epidemias... para alguien que no es médico.

Pat – Te lo dije, tengo tres hijos. Cuando uno está enfermo, es raro que los otros dos no lo sigan unos días después.

Dom – ¡Pero nosotros no estamos enfermos!

Pat – Cualquiera puede ser contagioso mucho antes de estar enfermo.

Dom – Sí... en el caso de ser portadores del virus.

Pat – De ahí la cuarentena, lo más probable... Pero, seguramente, nos explicarán todo esto.

Dom – Sí, sin duda...

Max llega con la misma ropa que ellos.

Dom – Ah... Cuantos más, mejor...

Pat – Quizás nos pueda decir algo más.

Max, un poco confundido, se acerca al público.

Dom – No apostaría por eso. Parece un tipo raro.

Pat – Buenos días.

Max – Ah, hola... Yo... Yo también acabo de llegar...

Dom – ¿Cómo sabes que acabamos de llegar?

Max – ¿Perdón?

Dom – Dijiste: Yo también acabo de llegar. ¿Cómo sabes que acabamos de llegar? Podríamos haber estado aquí desde hace semanas...

Max – ¿Llevas aquí varias semanas?

Pat – Acabamos de llegar.

Max – Ah... Como yo entonces... Eso es lo que estaba diciendo.

Pat – Sí, yo...

Max – ¿Y... sabes por qué estamos aquí?

Dom – Esperábamos que nos lo dijeras...

Max – No lo sé... Me recogieron al bajar del tren, sin ninguna explicación. No tengo todo el día.

Pat – Ni yo... Mis tres hijos me esperan en casa. Por no hablar de mi marido. ¿Y tú?

Max – No estoy casado. Solo había ido al sur a ver a mi madre al hospital.

Dom – ¿También está enferma?

Max – Se rompió una pierna.

Pat – Eso al menos no es contagioso...

Max – Sí, ¿pero quién me lo va a pagar? Tengo dos obras que terminar antes del fin de semana...

Pat – Quizás nos den una indemnización. ¿Eres artesano?

Max – Soy fontanero.

Dom – Y pensar que cuando buscas uno, nunca lo encuentras...

Max – ¿Perdón?

Dom – No, nada...

Pat – Fontanero... he oído esa palabra antes, pero no sé qué significa exactamente.

Dom – Ahora se dice reparador.

Pat – Ah, sí...

D o m – El señor es reparador especializado. Repara tuberías, canalizaciones, grifos... Fontanero, como solíamos decir.

Max – Eso es.

Dom – ¿Así que tampoco sabes por qué nos encerraron aquí?

Pat – ¿Porque crees que estamos encerrados?

Dom – Encerrados o no, si se está en cuarentena, no se puede salir, ¿verdad?

Max – ¿Entonces crees que estamos en cuarentena?

D o m – Según la señora, que es una gran especialista, somos portadores de un virus, y somos contagiosos. Por eso nos han aislado.

Max – ¿Un virus? ¿Qué virus?

Pat – Eso... es probablemente un virus desconocido. De lo contrario, ya habría vacunas, y no nos habrían puesto en cuarentena.

Max – Bueno... ¿Pero por qué nosotros? ¿Lo sabes?

Pat – Tuvimos que estar en contacto sin saberlo con una persona enferma... ¿Dijiste que fuiste a ver a tu madre al hospital?

Max – ¡Para una fractura!

Pat – Sí... pero los hospitales... Está lleno de virus, ¿no? Es de sobra conocido...

Max – Va a ser mi culpa, ahora...

Dom – No te alteres, amigo. Nadie te culpa.

Pat – Y si estamos encerrados aquí por semanas, es mejor estar solidarios.

M a x – ¿Por qué crees que van a retenernos durante semanas?

Pat – No lo sabemos. Por ahora, no sabemos nada.
Un tiempo.

Max – ¿Y tú estás bien?

Pat – Estoy bien... Preferiría irme a casa, encontrar a mi marido y a mis hijos, pero...

Max – No, pero eso a nadie le importa. Quiero decir... ¿Es que te sientes enferma?

Pat – No por el momento.

Max – ¿Y tú?

Dom – Estoy bien. Pero... gracias por preocuparte por mi salud.

Max – Yo tampoco, yo... estoy en plena forma.

Dom – Muy bien... Estamos contentos por ti...

Max vuelve a mirar a su alrededor.

Max – ¿Sabes dónde estamos, exactamente?

Dom – No... No se veía nada desde la furgoneta mortuoria que nos trajo aquí. Las persianas estaban cerradas.

Max – ¿Seguro que era un camión de cadáveres?

Dom – ¿Dije eso? No, quise decir furgoneta sanitaria, obviamente.

Pat – El viaje duró apenas un cuarto de hora. No debemos estar muy lejos de la estación...

Max – Sí... pero esto no es un hospital.

Pat – No... Y por ahora no estamos enfermos.

Max – Es extraño... ¿Qué es este lugar...? *(Da una mirada por el escenario, y su cara se congela al ver a los espectadores).* ¿Y estos quiénes son?

Pat – ¿Estos? ¿Quién?

Max *(señalando al público)* – ¡Esos!

Pat se adelanta.

Pat – No veo nada... Con los focos... Me deslumbran...

Max – ¡Ahí! ¡Toda esa gente mirándonos!

Pat *(viendo al público)* – No... ¿Pero qué es esto...? *(A Dom)* ¿Lo has visto?

Dom – Sí... Fue lo primero que vi cuando entré.

Pat – ¡Podrías habérnoslo dicho!

Dom – ¿El qué?

Pat – ¡Que nos miraban! ¡Que nos escuchaban!

Dom – No se me pasó por la cabeza... ¿Qué hubiera cambiado? No hicimos nada malo, ¿verdad? Y no dijimos nada malo...

Pat – Espero que no...

Max – Yo no he dicho nada.

Pat – Es una pesadilla...

Max – ¿Crees que nos pueden oír?

Dom – Creo que para eso están aquí.

Max – ¿Para escucharnos?

Pat – Para observarnos, en todo caso. Puesto que estamos en observación. Para ver cómo va a evolucionar la enfermedad...

Max – Es curioso. Nosotros no los oímos.

Dom – Tal vez porque no dicen nada.

Pat – O están detrás de un cristal.

Max – ¿Un cristal?

Pat – Como en una sala de interrogatorios... *(Entornando los ojos frente a los proyectores que lo ciegan)* Y con estas luces que nos dirigen hacia los ojos...

Dom – Nunca he estado en una sala de interrogatorios. Al menos no antes de hoy.

Pat – Está claro. Cuando estás en el lado correcto, puedes ver a la gente, y ellos no te ven.

Max – ¿La gente?

Pat – ¡Los sospechosos!

Max – Sí, pero ahora los vemos.

Dom – Si algún día me encuentro en una sala de interrogatorios, estoy seguro de que no estaré en el lado bueno del cristal.

Max – ¿El lado bueno...? ¿Cuál crees que es?

Dom – ¡El lado del que se ve sin ser visto...!

M a x – Entonces... ellos serían a los que vamos a interrogar... y nosotros estamos aquí para mirar.

Pat – Tienes razón, no tiene sentido. No somos policías...

Dom – Si usted lo dice...

Pat – ¿Perdón?

D o m – Parece que sabes mucho sobre las salas de interrogatorios...

Pat – ¿Qué quieres decir?

D o m – No sé... Sabes todo sobre los virus, o casi... También sabes cómo es una sala de interrogatorios. No son ellos los que te envían, ¿verdad?

Pat – ¿Ellos? No lo entiendo...

Max – Podrías ser una infiltrada. Creo que eso es lo que este caballero está tratando de insinuar. Una espía, si prefieres...

Pat – Desde luego creo que todos estamos empezando a volvernos locos. Estas personas son médicos. Están aquí para observar la evolución de nuestra enfermedad sin riesgo a contaminarse.

Max – Hagamos como si no estuvieran aquí.

Dom – Eso es. Vamos a hacer eso... Como si nada hubiera pasado. Como si no fuéramos conejillos de indias en un laboratorio, espiados día y noche por un centenar de especialistas para ver en cuánto tiempo tardamos en morir, y cómo...

Sam, con el mismo atuendo, llega por detrás de ellos.

Sam – Buenos días...

Pat – Quizás la señora pueda informarnos... Hola, señora, ¿es usted médica?

Sam – Soy una informadora.

Pat – ¿Informadora?

Dom – Antes se decía periodista, me parece.

Max – Ah... Entonces eres una como nosotros.

Sam – Todos vosotros son informadores?

Max – No, quiero decir como nosotros... Tampoco sabes por qué hemos sido traídos aquí...

Sam – Lo siento, pero no tengo ni idea. Solo estaba bajando del tren...

Dom – Sí, está bien, lo sabemos...

Sam – Si lo sabes, ¿por qué me preguntas?

Max – ¡Pero si no sabemos nada, lo acabamos de decir!

Sam – Tampoco tienes que enfadarte.

Max – Disculpa, tienes razón.

Sam – Estaba bajando del tren y... unos policías me trajeron aquí. No tengo más información. No sé por qué nos detuvieron.

Dom – ¿Te dijeron que era un arresto?

Sam – No, no explícitamente, pero...

Pat – Yo oí cuarentena... Bueno, eso es lo que entendí.

Dom – Tal vez estaban hablando de tu edad...

Sam – Si nos detuvieron, debe haber una buena razón.

Dom – ¿Piensas que estamos bajo custodia?

Sam – No sé... Quería decir... en observación.

Pat baja un poco la voz señalando discretamente al público.

Pat – Así que tampoco sabes quiénes son todas esas personas que nos miran...

Sam nota la asistencia, pero no muestra ninguna sorpresa.

Sam – No...

Max – ¿Así que tú también estabas en ese tren?

Sam – Coche 13. Asiento 40. ¿Y tú?

Pat – 42.

Max – 41.

Dom – 43.

Sam – Así que estábamos sentados uno al lado del otro.

Pat – O uno frente al otro.

Sam – Eso explicaría por qué nos infectamos a partir de la misma persona... ¿Pero quién?

Lanza una mirada sospechosa a los otros tres. Perplejidad general.

Pat – Tenemos un aspecto con estos trajes... Me siento como si estuviera en un manicomio...

Max – Pero la locura no es contagiosa... ¿Verdad?

Sam – Mejor evitar el contacto físico, sin embargo.

Dom – Ah, es que tenías la intención de... ?

Pat – También evitaremos toser. O pondremos la mano delante de la boca.

Dom – ¿Por qué no nos dieron máscaras entonces? Si somos contagiosos.

Pat – Deben considerar que entre nosotros no vale la pena. Si ya estamos todos condenados...

Sam – ¿Estaremos condenados?

Pat – Disculpa, quería decir contaminados.

Max – En este caso, no tiene sentido poner la mano delante de la boca antes de toser.

Dom – Así que también podemos tocarnos, ¿no?

Sam – Al menos podríamos presentarnos antes. *(Extendiendo la mano a Dom)* Sam.

Después de una pequeña vacilación, Dom le extiende la mano que le tiende Sam.

Dom – Dom.

El mismo juego con los otros dos.

Pat – Pat.

Max – Max.

Todos se estrechan la mano con cierta aprensión. De repente se oye un chirrido dé altavoz y se oye una voz en off.

Voz – Hola a todos. ¿Nos oyen?

Momento de sorpresa.

Sam – Afirmativo. Os recibimos cinco de cinco.

Dom – Bueno, digamos cuatro de cinco.

Voz – En primer lugar, les rogamos que nos disculpen por todas estas molestias, que lamentablemente son necesarias debido a la crisis a la que todos nos enfrentamos. Hemos tenido que reaccionar con urgencia. Y no hemos tenido tiempo de explicarles claramente las razones de su detención... Me refiero a su retención en este lugar de confinamiento, para evitar cualquier contacto con el exterior...

Pat – ¿Y ahora podemos saber cuál es la naturaleza exacta de esta crisis sanitaria?

Voz – Es un poco difícil de explicar a través de un altavoz. Pero no se preocupen. Pronto nos reuniremos con ustedes. Mientras tanto, nos aseguraremos de que no les falte de nada. En la entrada hay una nevera y armarios bien surtidos, que les permitirán alimentarse. También hay una puerta que da a un pasillo que conduce a las habitaciones, cada una equipada con un cuarto de baño y un minibar. Es bastante elemental, pero ya verán, hay todo lo necesario...

Dom – ¿Todo lo necesario?

Voz – Incluso hay un futbolín.

Max – ¿Podemos al menos saber cuánto va a durar esto?

Pat – Mi marido y mis hijos me esperan en casa. Bueno, por lo menos mis hijos...

Voz – No se preocupen. Se ha advertido a sus familias, empleadores o clientes. Que lo pasen bien con nosotros y nos vemos pronto.

Se oye un nuevo chisporroteo y luego nada.

Pat – ¿Que lo pasemos bien?

Dom – Y ya está... Eso es todo... Todo lo que tenemos que hacer es callarnos y esperar...

Sam – Esto es una locura...

Momento de estupefacción general.

Pat – Voy a llamar a mi marido. Al menos para avisarle. *(Saca su teléfono)*. Tal vez afuera tengan más información... *(Presiona un botón y su cara se congela)*. No tengo red... ¿Y tú?

Dom saca su teléfono.

Dom – Yo tampoco.

Sam – Tienen que usar un bloqueador...

Max – ¿Pero, por qué?

Momento de la perplejidad.

Pat – Así que estamos realmente aislados del mundo...

Dom – ¿Qué hacemos?

Sam – ¿Qué quieres que hagamos?

Un tiempo.

Max – Siempre podemos comer.

Dom – ¿Perdón?

Max – Nos dijeron dónde estaba la comida.

Dom – Osea que estamos atrapados aquí sin saber por qué, sin ninguna posibilidad de comunicarnos con el exterior, y él solo piensa en comer...

Max – ¿Tienes una idea mejor?

Dom – No...

Max – Tú puedes hacer lo que quieras, pero yo tengo los colmillos...

Sale. Los otros tres se miran.

Sam – Yo también tengo un poco de hambre...

Sale.

Dom – ¿Qué opinas?

Pat – Después de todo... ¿qué sentido tiene dejarnos morir de hambre?

Ella sale. Después de una vacilación, él la sigue.
Oscuro.

Acto 2

La luz vuelve. Dom y Pat caminan como leones enjaulados. Max los observa con un aire desprendido, comiendo una rebanada de pizza.

Pat – ¿No éramos cuatro antes?

Dom – Sí, es verdad...

Pat – La cuarta desapareció...

Dom – ¿Cómo se llamaba?

Max – Kim.

Pat – ¿Era Kim?

Dom – Sam, creo.

Max – Sam, eso es...

Dom – ¿Qué hicieron con ella?

Max – Quizás la liberaron.

Pat – ¿La liberaron? ¿Por qué no a nosotros?

Dom – O puede que esté muerta.

Pat – ¿Muerta? ¿Te refieres... por esta enfermedad?

Dom – No lo sé. *(A Max)* ¿A ti qué te parece?

Max – Sí, puede que esté muerta.

Pat – No parece que te quite el apetito, al menos...

Un tiempo.

Dom – ¿Cuánto tiempo llevamos aquí?

Pat – Yo diría que una semana, ¿no?

Max – Exactamente siete días.

Pat – Sí, eso es lo que estaba diciendo... Una semana. Siento que me estoy volviendo loca.

Dom – Yo también.

Pat – Locos de atar, aún no. Pero encerrados, ya lo estamos.

Max – De todos modos, nos dijeron que nos quedáramos aquí.

Dom – ¿Nos dijeron? ¿Quiénes ?

Max – La Autoridad. Es decir, las autoridades sanitarias. Lo dijeron por el altavoz. ¿No lo oísteis?

Pat – Es solo una voz anónima en un altavoz...

Dom – Es verdad, ¿qué sabemos después de todo? Quizás nos han secuestrado...

Max – ¿Por la policía?

Pat – Quizás eran policías falsos. Estaban enmascarados...

Max – ¿Por qué nos secuestrarían?

Dom – ¿Para pedir un rescate a nuestras familias? No tengo familia... Supongo que vosotros tampoco son millonarios.

Pat – Solo tengo mi apartamento, que sigue siendo propiedad del banco hasta que haya reembolsado mi crédito en cincuenta años. No creo que mi banco pague un rescate por liberarme... únicamente para que pueda seguir pagando mi crédito.

Dom – Además, nadie nos pidió un rescate.

Max – No, que yo sepa.

Dom – Nuestros secuestradores deben haberse dado cuenta de que no éramos buenos clientes, y se largaron. Olvidando liberarnos...

Pat – O quizás se trata de una toma de rehenes. Las tomas de rehenes son a menudo muy largas. A veces duran años.

Max – ¿Una toma de rehenes?

Pat – ¿Por qué no? Hacen una petición, y amenazan con matarnos si las autoridades no les dan lo que quieren.

Max – En este caso, vosotros estáis en problemas.

Dom – ¿Vosotros?

Max – Quiero decir... nosotros. Estamos en problemas. Hace mucho tiempo que las autoridades no ceden al chantaje de los terroristas. Incluso cuando la vida de los rehenes está en peligro.

Un tiempo.

Pat – Creo que estamos empezando a delirar... No, es solo una cuarentena, y ya está.

Dom – ¿Tú crees?

Pat – Eso es lo que prefiero creer, al menos. Para no volverme loca...

Max – Tienes razón. No hay que verlo todo de color negro.

Pat – Lo principal es que nadie está enfermo... Si realmente es una cuarentena, van a terminar dejándonos salir...

Max – ¿Por qué mal podríamos estar infectados?

Dom – Es curioso, has dicho qué mal, y no qué enfermedad.

Pat – ¿Por qué otra cosa podríamos estar infectados? ¿Aparte de por una enfermedad?

Max – No lo sé... Solo dije... ¿Qué pensáis?

Dom – Nada. No pienso nada. Y si pensara algo, no te lo diría a ti.

Pat se enfrenta a los espectadores.

Pat – Y ellos siempre están allí también...

Max – Tal vez ellos tampoco pueden huir.

Pat – ¿Los tomarían como rehenes, como a nosotros?

Dom – Si son libres de irse, me pregunto por qué no lo han hecho ya.

Max – Sí... Porque no pasa nada muy emocionante.

Pat – Esto parece un reality show. Hasta nosotros nos aburriremos...

El Doctor Kim viene detrás de ellos. Es la misma actriz que anteriormente interpretó a Sam. Lleva un traje negro con cuello Mao y tiene una sonrisa de presentadora de televisión.

Kim – ¡Queridos amigos, buenos días!

Los otros tres se vuelven, sorprendidos.

Pat – No lleva la misma bata que nosotros. Tiene que ser médico.

Dom – Es curioso, su rostro me suena...

Pat – Yo también tengo la impresión de haberla visto antes.

Max – Tal vez nos explique lo que estamos haciendo aquí...

Dom – ¡Por fin!

Pat – Hola, doctora. Así que, ¿estamos libres?

Kim – No del todo todavía...

Dom – ¿Puede decirnos en primer lugar quién es usted y por qué estamos aquí ?

Kim – Yo soy.... vuestra reformadora.

Pat – ¿Reformadora?

Kim – Estoy aquí para poneros en forma.

Pat – Creo que antes se llamaba inquisidora.

Dom – Mañana se llamará redentora.

Pat – ¿Pero es usted médica?

Kim – En cualquier caso, soy doctora... soy la Doctora Kim, y estoy aquí para curaros.

Dom – ¿Para curarnos?

Kim – Digamos... para poneros en el buen camino. En el camino de la curación...

Pat – ¿Y cómo planea hacerlo?

Kim – Reformando, precisamente. Si todavía es posible...

Pat – Así que no tiene una vacuna.

Max – Eso es muy tranquilizador...

Pat – Pero... ¿Por qué nos retienen aquí? Ha llegado el momento de decírnoslo.

Kim – Habéis estado en contacto con alguien peligroso.

Max – ¿Quiere decir... alguien con un virus peligroso?

Kim – Sí, de alguna manera. Estamos esperando para ver si vosotros también estáis contaminados...

Dom – ¡Pero no hemos recibido ningún tratamiento!

Kim – No hay tratamiento.

Dom – ¿Se refiere a ningún tratamiento médico?

Pat – ¡Pero si no padecemos ningún síntoma!

Kim – Es una afección cuya incubación puede ser muy larga.

Dom – Y si estamos realmente infectados por ese virus, ¿qué van a hacer con nosotros?

Kim – Estamos esperando instrucciones al respecto.

Dom – Siento que estoy hablando con un robot cuyo disco duro está un poco rayado. ¿Está segura de que no es usted la que tiene un virus?

Pat – Lo que es seguro es que hemos estado encerrados aquí durante una semana, sin ningún contacto con nuestras familias...

Dom – ¡Incluso por teléfono!

Pat – La red está bloqueada. Los virus no se transmiten por teléfono, ¿verdad?

Kim – Depende de cuáles...

Pat señala al público.

Pat – ¿Y quién es toda esa gente que nos está mirando?

Kim – También son conejillos de Indias.

Pat – ¿Ellos también? Así que somos conejillos de indias.

Kim – Queremos ver cuáles serán sus reacciones después de un contacto prolongado con personas severamente infectadas, como vosotros.

Dom – ¡Pero no tenemos contacto con ellos!

Kim – No. Pero ellos os oyen. Y os ven.

Max – Me siento como un hámster en un laboratorio.

Pat – Ojalá tuviéramos una rueda para hacer un poco de ejercicio.

Kim – Esto no es un juego, creedme.

Pat – ¿Cómo es exactamente este virus?

Kim – En realidad... No es exactamente un virus.

Max – ¿Qué es entonces?

Kim – Es más bien algo que se transmite a través del contacto auditivo. O visual. O ambos. Por mimetismo, por decirlo de alguna manera.

Dom – Ah, sí, ahora está mucho más claro.

Kim – Alguien en el coche 13 tuvo un comportamiento inapropiado, desviado, y por lo tanto peligroso.

Pat – ¿Qué tipo de comportamiento?

Kim – ¿De verdad no lo recuerda?

Pat – No.

Kim – ¿Ninguno de vosotros?

Dom – No.

Kim – Ya veremos. Os hemos confinado aquí para asegurarnos de que no sois contagiosos.

Pat – ¿Contagiosos? ¡Pero usted dice que no es un virus!

Kim – Para asegurarnos que vosotros no estéis tentados a imitar esta peligrosa perversión, y así poner en peligro a otras personas contaminándolas.

Pat – ¿Y cuánto tiempo nos van a tener aquí?

Kim – Estamos esperando instrucciones sobre esto. Por ahora, tratéis de recordar.

Max – ¿Acordarnos de qué?

Kim – De lo que habéis visto y oído en este coche 13. Os dejo pensar un poco más...

Pat – En fin...

Kim – Eso es todo por hoy. Queridos amigos, nos volveremos a ver pronto. Y mientras tanto, si necesitáis algo, no dudéis en comunicárnoslo.

Pat – ¿Comunicároslo? ¿Y cómo? Estamos encerrados aquí, y no tenemos forma de comunicarnos con el exterior! Ni tan siquiera con el servicio de habitaciones...

Kim – No os preocupéis... Pedid, y se os dará. Buscad, y hallaréis...

Dom – ¿Llamad, y se os abriréis?

Kim se va.

Pat – Que nos acordemos...

Max – ¿Te acuerdas de algo?

Dom – No... ¿Y tú?

Pat – Yo tampoco...

Dom – Y si recordáramos algo, nadie lo diría, ¿verdad?

Max – ¿Y eso por qué?

Pat *(apuntando al público)* – Les recuerdo que nos escuchan...

Dom – Eso no se puede olvidar.

Max – Saberse escuchado... evita los comportamientos desviados, ¿no?

Dom – ¿Qué es un comportamiento desviado?

Pat – ¿Desviado de qué?

Max – Eso... No lo sabemos...

Pat – Ya no lo sabemos.

Dom – Probablemente lo supimos un día... pero lo olvidamos.

Un tiempo.

Max – Esto me da hambre, todo esto. ¿A vosotros no?

Max sale.

Pat – Solo piensa en comer.

Dom – Me pregunto si ese idiota está aquí para vigilarnos.

Pat – Ya nos están vigilando, ¿no?

Dom – Quería decir vigilarnos desde dentro.

Pat – ¿Un espía? Podría ser cualquiera de nosotros.

Dom – Sí... ¿Por qué no yo?

Pat – No creo que seas uno de ellos.

Dom – Puede que seas tú la espía. Y estás tratando de hacerme hablar.

Pat – En este caso, eres muy bueno. No dices nada.

Dom – Soy cuidadoso, eso es todo...

Pat – Entonces, hablaré yo.

Dom – Como quieras.

Pat – Dije que no recordaba nada, pero... eso no es del todo cierto.

Dom – ¿En serio?

Pat – Me acuerdo de algo.

Dom – Te escucho... *(Mirando hacia el público)* Todos te escuchamos...

Pat – Recuerdo la pareja que estaba sentada a nuestro lado en ese tren.

Dom – ¿Ah, sí...?

Pat – El hombre comenzó a contar a la mujer una historia.

Dom – ¿Una historia?

Pat – Una historia de locos.

Dom – Me gustaría oírla.

Pat – Un loco encuentra un espejo. Lo mira, ve su cara y exclama: la cabeza de este idiota me dice algo... El otro toma el espejo, lo mira a su vez y responde: ¡Claro, soy yo!

Dom – ¿Y crees que es una historia de locos?

Pat – En todo caso, solo un loco puede contar una historia tan absurda. Eso es lo que siempre nos han enseñado, ¿no?

Dom – Sí...

Pat – Y esta historia, ya la conocías antes de que te la contara...

Dom – Tal vez.

Pat – La oíste igual que yo en ese vagón.

Dom – Admitámoslo. ¿Y qué?

Pat – La cara de la mujer se volvió... como una gran mueca. Fue sacudida por espasmos de los pies a la cabeza. Abrió la boca y una especie de grito le salió de la boca.

Dom – ¿Un grito? ¿Qué tipo de grito?

Pat – ¡Ja, ja, ja!

Dom – ¿Ja, ja, ja?

Pat – ¡Ja, ja, ja!

Ella se pone a reír con histerismo.

Dom – Baja la voz, por favor... ¿Y luego qué?

Pat – Ella no parecía sufrir. Él la miró y empezó a tener los mismos síntomas.

Dom – Así que es contagioso. ¿Y luego qué?

Pat – Llegaron policías y se los llevaron a los dos.

Dom – Ya veo...

Pat – Claro que lo ves. Estabas ahí, como yo.

Dom – No lo recuerdo...

Pat – No soy una espía. Puedes confiar en mí.

Un momento. Lo arrastra al fondo del escenario, lejos del público.

Dom – Se llama risa.

Pat – ¿Perdón?

Dom – La enfermedad contagiosa cuyos síntomas acabas de describir. Se llama risa.

Pat – ¿Risa? ¿Qué es eso?

Dom – Una enfermedad que las autoridades sanitarias habían logrado erradicar. Pero no del todo...

Pat – ¿Qué era esa enfermedad?

Dom – Un afecto muy antiguo. Tan antiguo como la Humanidad. Los síntomas eran relativamente leves, pero empujaba a comportamientos desordenados. Desviados, como dicen...

Pat – Pero acabo de contarte la misma historia, y no te has reído.

Dom – La segunda vez es siempre menos divertido. Y con el tiempo perdimos el hábito de reír. Ya no sabemos qué es gracioso.

Pat – ¿Gracioso?

Dom – Divertido. O cómico. Lo que desencadena la risa. Ya no sabemos reír.

Pat – ¿Y tú? ¿A veces... te ríes?

Dom – A escondidas, ¿quieres decir? Porque si no... Has visto el destino que se reserva a los que se sorprenden riéndose.

Pat – ¿Y entonces?

Se acerca a ella y le habla en voz baja.

Dom – Soy parte de un grupo.

Pat – ¿Un grupo terrorista?

Dom – Sí, si lo prefieres. Tenemos reuniones secretas. Contamos historias graciosas y nos reímos. Al menos, lo tratamos...

Pat – ¿Historias de locos?

Dom – ¿Es que hay que estar loco para burlarse de las autoridades? ¿O incluso del Líder Supremo...?

Pat – Pero criticar a las autoridades está prohibido, ¿no? Y faltarle el respeto al Líder Supremo es blasfemia.

Dom – Antiguamente la blasfemia estaba permitida.

Pat – ¿Cómo sabes todo esto?

Dom – Encontramos algunos libros.

Pat – ¿Libros?

Dom – Y periódicos también.

Pat – ¿Qué es eso?

Dom – Es como una tableta, pero los caracteres se imprimen con tinta negra en papel.

Pat – ¿Cómo en los envases?

Dom – Y como no están en una red, es imposible de controlar.

Pat – Y por supuesto, están prohibidos.

Dom – Hubo un tiempo en el que no lo estaban... Era otra época.

Pat – No lo recuerdo.

Dom – Una época que todo el mundo ha olvidado. Las autoridades han hecho lo necesario para ello. Quemando todos los libros, sobre todo.

Pat – La risa...

Dom – Era propio del ser humano, según parece. Lo que lo distinguía de los animales sociales como las abejas, las hormigas o las termitas...

Pat – Nos queda la inteligencia.

Dom – ¿Pero por cuánto tiempo...? Los profesores se convirtieron en formadores. Los políticos en reformadores. Los informáticos se van convirtiendo en ordenadores...

Max regresa. Abandonan la conversación.

Pat – ¿Has comido bien?

Dom – ¿Estaba rico?

Max – Excelente.

Pat – ¿Qué había hoy?

Max – Pizza.

Dom – ¿Otra vez?

Pat – ¿Cuánto tiempo nos van a mantener encerrados aquí, comiendo pizza?

Max – Me gusta la pizza.

Dom – ¿Y si nos escapamos?

Max – ¿Escaparnos? Pero está prohibido, ¿no?

Dom – Por supuesto... Estaba bromeando.

Max – Por supuesto que está prohibido. Y además corremos el riesgo de infectar a los demás afuera.

Dom – El público, en particular. De momento no parecen reírse mucho, pero...

Max – Y de todos modos, te encontrarán pronto...

Dom – Bueno... Entonces, ¿qué hacemos?

Pat – ¿Queda algo de pizza?

Max – Hay un montón de ellas en el congelador. Solo tienes que ponerlas en el microondas.

Dom – Yo te acompaño.

Dom y Pat salen. Kim vuelve.

Kim – ¿Entonces? ¿Conseguiste sacarles algo de información?

Max – Ninguna... Empiezo a preguntarme si soy un muy buen informante...

Kim – Sí, yo también... Bueno... Pero tienes una opinión, ¿no?

Max – ¿Una qué?

Kim – ¿Qué te parece?

M a x – Nada. Siempre me dijo usted que pensaba demasiado, jefe. Y que podía ser peligroso...

K i m – De todos modos, ya tenemos un archivo sobre ellos.

Max – ¿Y sobre mí, también tiene un archivo?

Kim – ¡Por supuesto! Hasta tú lo escribiste, después de denunciarte a la policía para recibir la recompensa. ¿No te acuerdas?

Max – Sí, sí... me ha costado diez años de internamiento, para volver al buen camino, como usted dice.

Kim – Si todos fueran como tú, tendríamos muchos menos problemas, créame.

Max – ¿Está usted segura de que esta gente es peligrosa, jefe?

Kim – ¿Todavía lo dudas?

Max – No, por supuesto...

Kim – Ya que no puedes obtener ninguna información de ellos, me escribirás un nuevo informe sobre ti mismo. Me harás una lista de todos tus pensamientos desviados. Lo quiero mañana por la mañana en mi escritorio.

Max – Bien, jefe.

Max mira a su alrededor y a los espectadores.

Kim – ¿En qué estás pensando?

Max – En nada, se lo aseguro.

Kim – ¡Puedo ver que estás pensando en algo! ¿Y?

Max – Me preguntaba... ¿Qué es esto?

Kim – Un teatro abandonado.

Max – ¿Un teatro?

Kim – Un lugar donde las personas solían reunirse para reírse juntas.

Max – ¿Para reírse?

Kim – En ese momento era legal. Se podía hacer burla de todo. Incluso de las autoridades.

Max – ¿Incluso del Líder Supremo?

Kim – Incluso de uno mismo.

M a x – Por suerte, esta época ha terminado definitivamente.

Kim – Sí... No me digas que todavía estás pensando en algo...

Max – Voy a escribir este informe.

Max sale. Kim se dirige al público.

K i m – ¿Y ustedes qué tal? ¿No tienen síntomas alarmantes? ¿No tienen risas sin sentido? Bueno, si no se meten en problemas, les dejaremos salir más tarde...

Kim sale. Dom y Pat vuelven.

Dom – ¿Crees que es él?

Pat – ¿Quién ?

Dom – ¡Sam! ¡Crees que es un espía!

Pat – Así que ya no crees que pueda ser yo.

Dom – No.

Un tiempo.

Pat – Esa pareja, la recuerdas muy bien.

Dom – ¿Qué pareja?

Pat – El hombre que le cuenta una historia a la mujer, y ambos se ríen.

Dom – ¿Y por qué crees que lo recuerdo?

Pat – Porque esa pareja éramos nosotros.

Dom – Tal vez sí. *(Breve pausa)* ¿Nunca te habías reído antes?

Pat – No. No sabía lo que me estaba pasando. Fue como... No podía controlar nada... Estaba un poco avergonzada.

Dom – Lo entiendo. Siempre pasa eso la primera vez.

Pat – ¿Y tú? ¿Te has reído con otras mujeres antes?

Dom – Sí. Con otras mujeres. Y con otros hombres también. A veces con varios.

Pat – ¿Con varios...?

Dom – Sí... ¿Y te gustó?

Pat – ¿A mí? No sé...

Dom – Te gustó.

Pat – Sí...

Dom – Lo verás, es como una droga. Después de probarlo, ya no hay marcha atrás. Crea dependencia.

Pat – Eso es lo que me asusta. Y por eso nos encerraron aquí, ¿no?

Dom – Sí... Los otros dos, frente a nosotros, debían ser policías.

Pat – Ellos nos trajeron aquí. Estaban enmascarados, pero reconocí su voz.

Dom – Entonces lo sabías.

Pat – Sí. ¿Pero por qué dos personas que se ríen les preocupa tanto?

Dom – La risa tiene un efecto devastador, ellos lo saben.

Pat – ¿Devastador? ¿Quieres decir que es peligroso para la salud?

Dom – Para la salud, no. Sería bastante bueno. Pero para ellos, la risa es peligrosa.

Pat – ¿Y eso por qué?

Dom – Cuando empiezas a reírte de todo, eres mucho menos ingenuo y por lo tanto mucho menos dócil. La risa es subversiva...

Pat – ¿Qué van a hacer con nosotros?

Dom – No lo sé. Les damos miedo.

Pat – ¿Miedo?

Dom – Temen que esta risa sea contagiosa. Y que esta epidemia se lleve todo el sistema. Y ellos también...

Pat – Crees que podrían matarnos.

Dom – Seguramente ya lo han pensado. Pero no pueden matar a todo el mundo...

Pat – ¿Entonces qué hacemos?

Dom – ¿Quieres que te cuente otra...?

Pat – ¿Otra broma?

Dom – Vamos a morir, así que mejor morirse de risa...

Pat – Te lo advierto, estoy casada.

Dom – No te preocupes, reír no es realmente engañar.

Pat – Te estoy escuchando...

Dom – Así que esta es la historia de...

Pat – Aquí no, creo que nos escuchan...

Dom – Tienes razón... Vamos a mi habitación...

Salen. Kim y Max vuelven.

Max – Aquí está mi informe.

Kim – No es muy grueso... ¿Estás seguro de que no has olvidado nada?

Max – Absolutamente seguro, jefe.

Kim – ¿Dónde están? Al menos, no se habrían escapado...

Max – Deben estar en sus habitaciones.

Se oye la risa de Dom y Pat.

Kim – Al menos ahora estamos seguros.

Max – Sí... De hecho, contrajeron el virus.

Los escuchan reír de nuevo, un poco avergonzados y un poco confundidos.

Kim – ¿Alguna vez te has reído?

Max – No, ¿y usted?

Kim – Parece doloroso, ¿verdad?

Max – No lo sé, le digo que nunca me he reído. ¿Está usted tratando de engañarme otra vez?

Nuevas carcajadas en off.

Kim – Esta vez, no tenemos elección. Hay que consultar a la Autoridad...

Oscuro.

Acto 3

Kim está de pie, siempre con el traje de negro de cuello Mao. Dom, Pat y Max están sentados. Dom y Pat siempre usan sus batas (azules, rosas o verdes) de los pacientes, pero Max ahora usa una bata blanca de enfermería.

Kim – Queridos amigos, en primer lugar, gracias por haber respondido a nuestra invitación.

Pat – No teníamos muchas opciones...

Dom – ¡Estamos atrapados!

Kim se limpia la garganta y continúa como si nada hubiera pasado.

Kim – Así que os he reunido aquí para terapia de grupo.

Pat – ¿Te refieres a un interrogatorio... ?

Kim – Sabemos que dos de vosotros han sido víctimas de una crisis de risa desde que llegaron aquí. Lo que prueba que uno de ellos ya estaba infectado antes de la cuarentena. Y el otro, contrajo el virus al entrar en contacto con él.

Dom – Si estáis tan seguros, ¿por qué este simulacro de investigación?

Kim – Esperamos que los culpables se denuncien a sí mismos. Es parte de la terapia...

Max – ¿Nos reímos? Pero si ni siquiera sabemos lo que significa eso. ¿Verdad, amigos?

Pat – Está bien, déjalo... ya nos dimos cuenta de que eras un espía.

Max – Pero yo te aseguro que...

Dom – Un espía muy malo, por cierto.

Max – Bueno, un infiltrado, tal vez, pero no soy un espía. Los espías es cuando estás en el lado equivocado. Estamos en el lado correcto, ¿verdad, jefe?

Kim – El señor no es un espía. Es un informante.

Dom – ¿Y tú qué eres, exactamente?

Kim – Yo soy tu reformador.

Dom – ¿Un reformador?

Kim – Estoy aquí para reformatearos.

Dom – Ese no es el significado original de la palabra reformador.

Kim – ¡Mira en el diccionario y verás!

D o m – Este diccionario, vosotros lo reescribisteis completamente. Pero encontré una copia de una vieja enciclopedia, y sé lo que significaban todas esas palabras.

Kim – Corresponde ahora a la Autoridad definir el sentido de cada palabra, teniendo como única consideración el bien de la Nación.

Dom – ¡Habéis reescrito todo, incluso la Biblia! ¡Habéis reemplazado a Dios por el Guía Supremo! ¡Y quemasteis todos los libros para no dejar rastro del pasado!

Kim – Aparentemente no todos, ya que parece que habéis leído algunos.

Dom – Todo lo que se puede leer hoy en día es en una pantalla a través de una red de la que usted tiene todo el control.

Pat – Así que quieres reformatearnos... Borrar el disco duro y reinstalar el sistema operativo, ¿verdad?

Dom – Y también instalar un antivirus, probablemente...

Kim – La risa es muy adictiva. Cuando te has reído una vez, siempre te sentirás tentado a empezar de nuevo.

Pat – ¿Entonces crees que la risa es una droga?

Dom – Una droga blanda, al menos.

Kim – La adicción a la risa es como la adicción al alcohol. Nunca se cura del todo. Se puede evitar la risa. Pero la tentación siempre estará ahí.

Max – Alcohólico un día, alcohólico siempre.

Kim – Sabes de lo que estás hablando. Te enviaron a rehabilitación durante diez años. Bebías alcohol a escondidas. Y tú te entregaste a la policía.

Max – Ahora no bebo.

Dom – Pero cuanto comes...

Max – ¿Así que esta terapia es como una reunión de alcohólicos anónimos?

Kim – Eso es... una reunión de reidores anónimos.

Pat – Cuyo objetivo es desenmascarar a los que se ríen a escondidas.

Kim – Eso es, exactamente.

Dom – ¿Y cómo vas a hacer eso?

Kim – Os voy a contar una historia. Una historia divertida, según dicen. Veremos quién se ríe.

Pat – Ya veo. Una prueba de detección, en resumen.

Dom – Es curioso, pero cualquiera que sea la historia que nos cuentes, dudo que hagas reír a alguien.

Kim – ¿Y eso por qué?

Dom – Porque para reír, uno tiene que estar en buena compañía. O por lo menos entre personas voluntarias.

Pat – Ahora, básicamente, nos estás diciendo que el primero que se ría, irá a un campamento de rehabilitación.

Dom – O peor aún, será ejecutado.

Kim – ¿Cómo lo adivinaste?

Pat – Ya me estoy riendo...

Kim – Bueno, les contaré mi historia de todos modos.

Max – Estamos escuchando, jefe.

Kim – Un loco encuentra un espejo. Lo mira, ve su cara y exclama: la cabeza de este idiota me dice algo. El otro toma el espejo, lo mira a su vez y responde: Evidentemente, soy yo.

Max – Es una estupidez.

Kim – Eso es lo gracioso, ¿no? Así lo creo.

Dom – Bueno, depende de cómo se cuente.

Pat – Y sobre todo quién la cuente.

Kim – ¿Tú crees?

Pat – Cuando sabes que vas a ser ejecutado si te ríes, no ayuda.

Kim – ¿Eso te parece?

Pat – Por supuesto.

Kim – Ya veo lo que quieres decir... Así que solo tenemos que decir... el primero que ría, pierde. ¿Quien quiere jugar conmigo?

Los demás permanecen callados.

Max – Yo jugaré con usted, jefe.

Kim – Vale... Si te ríes, pierdes...

Cogen un vaso y se llenan las mejillas de agua. Luego se toman el uno al otro por la barbilla y permanecen inmóviles y callados durante un tiempo muy largo, mirándose en los ojos con intensidad y con aire muy serio. Los demás les miran con perplejidad. Después de un momento, Max empieza a sonreír, antes de dejar estallar una carcajada, escupiendo al mismo tiempo en la cara del otro el agua que tenía en la boca. Como la risa es contagiosa, todos lo imitan, menos Kim.

Kim – Todo el mundo está infectado, entonces...

Dom – Ahora es uno de los nuestros. Se rió como los demás...

Kim (*a Max*) – Bueno, ahora tú también estás en cuarentena.

Max intenta recomponerse.

Max – A sus órdenes, jefe.

Pero Max no puede dejar de reírse de nuevo, sin poder parar.

Kim – ¿Crees que es gracioso?

Max – ¡No, en absoluto! Bueno, sí, pero...

Dom (*a Kim*) – Ya ves que tú también puedes ser divertida, cuando quieres. Bueno, mejor dicho cuando no quieres...

Todos siguen riéndose histéricamente. Kim parece muy incómoda y casi asustada por esas risas.

Kim (*a Max*) – ¡Te ordeno que dejes de reírte!

Pero los otros, arrebatados por esta risa loca, no pueden detenerse. Kim se cubre los oídos, y sale precipitadamente. Dom, Pat y Max dejan de reírse poco a poco.

Dom – Bueno, ahora eres uno de nosotros. Entonces, ¿cómo te sientes?

Max – No sé... ¿Reírse? Pensé que era doloroso. En realidad, es bastante agradable.

Pat – Muy agradable...

Max – Bueno, eso alivia.

Dom – Y pensar que antes se podía reír en público...

Pat – ¿Cómo llegamos a esto?

Dom – Empezó hace mucho tiempo, pero se fue instalando gradualmente. Empezamos prohibiendo reírnos de ciertas cosas. De la religión, en primer lugar...

Max – Y de las autoridades, por supuesto.

Dom – Y entonces el Líder Supremo se convirtió en un nuevo Dios, y toda crítica se convirtió en blasfemia.

Max – El alcohol también ha sido prohibido, porque cuando uno está borracho, tiende a reír más fácilmente.

Dom – La Autoridad había elaborado una lista de temas de los que aún se podía reír. Con los años, la lista se ha vuelto cada vez más corta.

Max – Al final, decidieron que lo más fácil era no reírse.

Dom – Y así es como poco a poco, de no tener derecho a reírse de todo, se ha llegado a no tener derecho a reírse de nada...

Max – Al final, ni siquiera podías reírte de ti mismo...

Dom – Ni siquiera los pobres tenían derecho a reírse de su propia desgracia.

Pat – ¿Pero cómo hicieron para hacer cumplir esta prohibición?

Dom – Las autoridades trataron la risa como una enfermedad mental. Los que eran sorprendidos riendo eran inmediatamente internados.

Max – Y, por supuesto, eliminamos todo lo que daba ganas de reír.

Dom – Prohibición de periódicos, cierre de teatros, autocensura generalizada...

Max – Los payasos, humoristas y actores eran considerados terroristas peligrosos.

Dom – La risa era tratada como la lepra. La gente fue tapiada viva en su casa porque se les había oído reír.

Max – También forzamos a toda la población a usar una máscara.

Dom – Con el pretexto de protegerse de un virus. En realidad, era para que no se viera ni siquiera una sonrisa en la cara de nadie. Esas máscaras se habían convertido en bozales.

Max – Como en otras religiones.

Dom – Antes de que la Autoridad se convierta en la única religión.

Max – Poco a poco, no oímos reír a nadie.

Dom – Al prohibir la risa, por supuesto, también se prohibía criticar y protestar.

Max – No más conflictos sociales, no más debates políticos, y por lo tanto no más elecciones.

Dom – Como ya ocurría en muchas dictaduras seculares o religiosas.

Max – La Autoridad pensaba que este mal estaba definitivamente erradicado. Pero algunos casos esporádicos han resurgido recientemente. Vosotros estáis entre ellos.

Pat – ¿Qué van a hacer con nosotros? ¿Matarnos?

Max – Antes de eliminaros, ya que se os consideraba personas impenitentes e incurables, querían usaros para experimentos.

Pat – ¿Experimentos?

Max – Estudiar la reacción del público a su contacto, observar cómo el mal se propaga, y ver los estragos que puede causar la risa en una población sana.

Pat considera al público.

Pat – ¿Se suponía que los hacíamos reír?

Dom – Solo conocemos algunos chistes malos...

Pat – Tenemos que aprender de nuevo a reír y hacer reír.

Un tiempo.

Max – ¿Pero qué pasa si el Líder Supremo nos abandona?

Dom – No será el fin del mundo. Un nuevo comienzo. Los formadores volverán a ser profesores. Y los reformistas, políticos...

Max – ¿Y los informantes como yo? ¡No sé hacer nada! ¿Qué voy a hacer?

Dom – Si no sabes hacer nada... siempre puedes llegar a ser actor.

Oscuro.

Acto 4

Pat camina inquieta. Se acerca al público.

Pat – No os preocupéis, pronto os liberarán a vosotros también. Bueno, eso espero...

Dom llega.

Dom – ¿Qué hay de nuevo?

Pat – Todavía nada. Me pareció oír un poco de agitación afuera. Pero el sonido está muy atenuado.

Dom – Los teatros están siempre muy bien insonorizados.

Pat – ¿Dónde está el espía?

Dom – Está terminando las pizzas...

Pat – Siempre estamos encerrados aquí, aislados del mundo. Hace días que no tenemos noticias del exterior.

Dom – Y pronto no quedaran pizzas en el congelador.

Pat – ¿Crees que saldremos de aquí con vida?

Dom – ¿No estábamos muertos ya antes de la cuarentena...?

Pat – Tienes razón. La única enfermedad real que hemos padecido durante mucho tiempo es la desesperanza.

Dom – Y la risa sería su antídoto.

Max vuelve.

Max – Oigo ruidos extraños afuera... ¿Tú no?

Dom – No...

Los tres escuchan.

Pat – Ah sí, tal vez... Viene de muy lejos...

Dom – Suena como... explosiones, ¿verdad?

Max – ¿Explosiones? Explosiones de risa, entonces.

Kim vuelve. Parece en muy mal estado y su atuendo es un desastre. Lleva una señal de prohibición de reír: sobre un papel fijado a un marco redondo rodeado de rojo, una cara hilarante como emoticono, tachada con un trazo rojo.

Max – No parece estar bien, Jefe. ¿Qué le pasa?

Kim – La situación ha cambiado...

Max – Y no en el buen sentido, aparentemente.

Kim – Depende para quién.

Max – ¿Se propaga la epidemia?

Kim – Desafortunadamente, se ha convertido en una pandemia a escala planetaria. Una crisis de risa totalmente fuera de control. Una risa loca generalizada. Hay reportes de explosiones de risa por toda la ciudad.

Max – ¿Es tan grave?

Kim – Hay risas en todas las esquinas. La policía está completamente fuera de control. Peor todavía, muchos policías han muerto de risa... ¡Se ríen a carcajadas! ¡Se ríen como locos! ¡Se ríen como jorobados! ¡Se ríen en el suelo! ¡Se mean de la risa! ¡Lloran de risa!

Max – ¿Es que también puedes llorar de risa?

Kim – ¿Conoces la expresión cuanto más locos estamos, más nos reímos?

Max – No...

Kim – ¡Bueno, puedo decirles que el mundo entero se ha vuelto loco!

Dom – Entonces la revolución está en marcha...

Kim – Todo nuestro sistema se está desmoronando. Las autoridades han dimitido, y el Líder Supremo ha abandonado el país.

Max – ¿El Líder Supremo? ¿Pero a dónde fue?

Kim – Ha solicitado asilo político en el Vaticano. Allí, por lo menos, no corre el riesgo de morir de risa.

Pat – ¿Y qué vas a hacer con nosotros?

Kim – Ya no sirve de nada mantenerles en cuarentena. Sois libres.

Dom – Bueno... No puedo esperar a verlo. Gente que se ríe en la vía pública, en el transporte público, y por qué no, mañana, en los cines y en los teatros.

Kim – A mí no me hace reír nada.

Pat – ¡Vamos! ¡Ven a partirte de risa con nosotros!

Dom – ¿Conoces esa? Es la historia de un loco que quería prohibir reír a toda la Tierra...

Max – Y finalmente, es él quien se ahoga en la risa.

Los otros se ríen a carcajadas. Kim también empieza a reírse nerviosamente. Pero la risa pronto se convierte en convulsiones, y Kim se derrumba. Pat se inclina sobre ella.

P a t – ¡Está muerta! ¿Así que podemos literalmente morirnos de risa?

M a x – Este es un fenómeno que se ha observado recientemente. Los responsables de la Autoridad mueren fulminados cuando son expuestos a un trueno de risas.

Dom – Por eso querían detener la epidemia.

Pat *(a Max)* – Pero tú no te moriste.

Max – No... Quizás porque en el fondo, ya no creía en todo eso...

Dom – Ya estabas vacunado, de alguna manera. ¡Como nosotros!

Pat – ¿Entonces somos libres?

Dom – ¡Libres para reírnos de todo otra vez!

Max – ¿Qué vamos a hacer ahora?

D o m – Vamos a aprender a reír de nuevo. Vamos a aprender a vivir de nuevo.

Pat – Me asusta un poco...

Dom – Es normal. Al principio, los esclavos liberados no saben qué hacer con su libertad.

Max – ¿Puedo volver a beber?

P a t – ¡Por supuesto! Pero puede que ni siquiera lo necesites.

Max – ¡Es maravilloso! Pero es verdad que da vértigo.

Dom – Sí... somos las palomas de un mago muerto.

Max – ¿Qué significa eso?

Dom – Nacimos de un truco de magia, pero el mago que nos sacó de la nada ya no está, y no sabemos qué hacer con nuestras alas…

Pat – Es hermoso lo que dices.

Dom – Eso es poesía.

Pat – ¿Poesía?

Dom – Otra cosa que habían prohibido.

Pat – ¿Hay otras cosas?

Dom – ¡Muchas más! El orgasmo, por ejemplo. ¿Tampoco sabes qué es?

Pat – Te lo dije, estoy casada...

Dom – Te lo mostraré más tarde, en privado... lo verás. El orgasmo es al amor, lo que la risa es a la inteligencia, o lo que el estornudo es al resfriado. No cura, pero en el acto alivia.

Kim está volviendo en sí.

Pat – Bueno, parece que no está muerta del todo después de todo.

Max – Ella no debía creérselo tampoco.

Kim – ¿Qué me ha pasado?

Pat – Has sido víctima de un ataque de risa. No te preocupes, vas a estar bien, ahora.

Max – ¿Y el público? Lo habíamos olvidado.

Dom – Ahora que otra vez tenemos el derecho de hacerlos reír con impunidad...

Max – ¿Está bien, jefe?

Kim – Estamos en un teatro, después de todo.

Dom – Entonces tendremos que inventar nuevas historias divertidas.

Kim – Sí, porque esta historia de locos mirándose en el espejo, todavía no la entiendo...

Dom – En realidad es una historia simbólica.

Kim – ¿Simbólica? ¿Qué es eso?

Dom – El humor es un espejo. Es el espejo que los actores tienden al público para que pueda reírse de sí mismos.

Pat – Y todos podemos reconocernos en este espejo.

Dom – Todos. Excepto los locos, que prefieren romper el espejo para no ver la cara de mueca que les devuelve.

Max – ¡Así que ríanse!

Dom – Es nuestra libertad, y para citar a un humorista del siglo pasado: La libertad solo se agota si no se la utiliza.

Pat – Riamos juntos, pero riamos de todo...

Max – Porque si hoy no se puede reír de todo, mañana no se podrá reír en absoluto.

Max agarra el letrero de no reír y lo clava en la cabeza de Kim. Todos estallan con una risa sonora, que se pueden amplificar con risas pre-grabadas.

Oscuro.

Fin

Deciembre de 2020

www.ingramcontent.com/pod-product-compliance
Lightning Source LLC
La Vergne TN
LVHW050622200726
843508LV00010B/1971

* 9 7 8 2 3 7 7 0 5 5 0 3 6 *